# Rottumerplaat

Jan Wolkers

# *Rottumerplaat*

FOR BOOKS

Jan Wolkers: Rottumerplaat

Naarden: B for Books B.V.
ISBN: 9789085161004

Druk: Giethoorn ten Brink, Meppel
Redactie: Margot Engelen
Auteursfoto: Steye Raviez
Foto omslag: Jan Wolkers

## De Literaire Juweeltjes Reeks

'Ontlezing' – het onheilspellende o-woord waar heel boekenminnend Nederland overstuur van raakt. Om mensen en vooral jonge mensen op een prettige manier duidelijk te maken dat het lezen van literatuur heel aangenaam kan zijn en tegelijkertijd onze kijk op de wereld een beetje kan veranderen is een nieuwe reeks opgezet, de Literaire Juweeltjes Reeks.

Elke maand verschijnt een nieuw Literair Juweeltje, een goed toegankelijke tekst van een bekende schrijver in een mooi vormgegeven boekje dat slechts 1 euro kost. Achterin elk deeltje staan telkens kortingsbonnen waarmee voor minder geld meer werk van de schrijvers kan worden gekocht in de boekhandel.

Zo proberen we van niet-lezers lezers te maken, en van weinig-lezers hopelijk graag-lezers. Dat kan lukken dankzij de welwillende medewerking van de schrijvers, hun uitgevers, fotografen, de drukker, vormgever, en Bruna BV.

Zelden was mooi lezen zo goedkoop. Laat je niet ontlezen. Of, zoals men 50 jaar geleden adverteerde: 'Wacht niet tot gij een been gebroken hebt, om een reden tot lezen te hebben.'

Uitgeverij B for Books, Naarden

# Rottumerplaat

*Zaterdag 17 juli 1971*

Als je aankomt op het eiland zie je een aantal groene barakken staan en een uitkijkpost als toevluchtsoord bij heel hoog water. Voor als de hele boel nog eens door een springvloed en storm verzwolgen zou worden zoals in 1953. Een klein groen huisje op palen gebouwd met een puntdakje als het torentje van een toeristenkerk. Als je omhoog klimt langs de ladder van stalen buis kan je over een plankier eromheen lopen en door de ramen naar binnen kijken. De lichtbruin gebeitste kleine ruimte is rondom voorzien van houten banken waarin zo hier en daar waarschijnlijk een deksel zit waaronder, vrees ik, van die keiharde scheepsbeschuit die de laatste weerstand van iedere drenkeling breekt. Of blikken erwtensoep die je binnen het halfuur met maagkramp naar hek om het plankier doen rennen om spuitkakkend je piccalillygele ellende aan de kolkende golven prijs te geven. De deur is op slot. Als je naar binnen wilt moet je een glazen plaatje verbrijzelen waarachter een sleutel hangt in een klein kastje. Er hangt geen hamer naast zodat je er een bloedende pols voor over moet hebben om bij die onsmakelijke harde scheepsbeschuiten te kunnen komen. En bij de noodlottige erwtensoep. Vanaf die hoogte overzie je het hele eiland, dat uit drie stroken duin bestaat, die met een lichte knik in elkaars verlengde liggen.

Het middelste stuk is eigenlijk geen duin maar een zanddijk die met helm regelmatig beplant is. Tot daar ben ik vanmorgen gegaan op mijn eerste tocht. Aan de voet ervan, aan de waddenkant, stonden hele velden zeeraket in grote pollen. De lila bloemetjes lijken op pinksterbloemen, maar aan de stelen en blaadjes zie je dat het een echte strandplant is. Sappig en toch taai. Ik ben nog niet over de dijk geklommen naar de Noordzeekant hoewel er geen bord met VERBODEN ZICH IN DE HELM TE BEVINDEN stond. Links van de zandgronden met zeeraket is een uitgestrekte vlakte vol roestbruine schorregrassen waarin de wind tegendraadse plekken heeft doen ontstaan die aan de pels van een langharig rund doen denken die tegen een boom heeft staan schuren. Verderop waar het vochtiger wordt staan blauwpaars bloeiende pollen lamsoor. Ertussendoor lopen geulen en zompen waar soms brak water in staat. Als je je nog verder van het vaste eiland begeeft kom je op de glibberige slikken te lopen die vol staan met zeekraal. Ik denk dat dat sappige plantje zo heet omdat ze allemaal geledinkjes hebben die er inderdaad uitzien alsof ze aan elkaar geregen zitten. Ertussen en soms erover alsof ze ingepakt staan zitten vaak lapjes, dun plastic lijkt het wel. Dat is van die prachtige heldergroene zeesla geweest die achtergebleven is toen het water weer wegtrok met de eb. Als het een paar uur in de zon ligt verbleekt het tot dat onnatuuurlijke produkt.

De verste duinstrook is in westelijke richting, waar ik nog niet geweest ben, en die ik voor mezelf heimelijk De Woeste Duinen noem, woest dan in vergelijking met de behelmde zanddijk die ertegenaan ligt, verliest zich in een blauwgrijze schemer van duindoorns. De eerste duinstrook, aan de voet waarvan mijn tent zich als een vreemde oranje poliep op zeven minuten gaans van de uitkijkpost bevindt, is één uitbundig lichtgeel boeket van teunisbloemen. Aan de andere kant, op de naar het strand aflopende vlakte staan grote velden havikskruid donkergeel te bloeien. Het geheel loopt uit in kleine duintjes in wording die door helm en groenblauw meslemmetbreed duingras op hun plaats worden gehouden. Er liggen daar tientallen strandgapers in de hitte van de zon kalkachtig te verpulveren. Als je om dat vluchthuisje loopt en je kijkt in oostelijke richting, zie je ver weg in zee Rottumeroog liggen en links erachter het duitse eiland Borkum waar je vaag tegen de nevelige zeelucht witte flats kunt onderscheiden. Daar vermoed je een boulevard met mondain badplaatsvertier. Een leeuw van vijf meter hoog die als een poedel opzit, zijn poot met een glas bier naar zijn bek brengt en dan brandingoverstemmend gromt: LÖWENBRÄU! Of zulk soort flauwekul.

Toen ik daar van bovenaf de hele omgeving afgespeurd had, en me langs de ladder weer naar beneden liet zakken, kwam er een stortbui uit een grijze waterhemel en ik ging gauw in een ouderwets groen Rijkswaterstaatpleetje schuilen. Op het houten ronde deksel van het schijtgat zat het heel comfortabel. Eronder stond geen emmer meer maar was een diepe kuil in het zand waar wat verbleekt wc-papier in lag. Toen het regenen opgehouden was en ik weer op de zandplaat van aankomst kwam waren alle voetstappen van de journalisten en fotografen in het zand verdwenen. Mijn tassen, de voedselpakketten en de gele jerrycan met twintig liter leidingwater stonden daar alsof ze er vanuit de lucht door een helicopter neergezet waren. Alleen lagen er, als laatste spoor van het bezoek van de kannibalen aan dit eiland, lege doosjes waar films in hadden gezeten. Kodak EH 120. En een leeg pakje Camel, waarop ik eindelijk duidelijk, en nu zonder hulp van een chinees meisje dat dat ontdekt schijnt te hebben, zeker met behulp van Het Rode Boekje, in de huid van de kameel boven zijn voorpoot Manneke Pis van Brussel ontdekte en in de bult een slaperige leeuwekop. Turkish & domestic blend.

Op de weg naar mijn tent, die ik verschillende keren sjouwend met mijn bagage aflegde, vond ik langs de vloedlijn een dode wulp met zo'n prachtige lange gebogen snavel, hoornachtig bruin, die best als beugel voor een damestas te gebruiken zou zijn en een jonge dode zeehond, voortijdig geboren dacht ik, want hij was nog geen veertig centimeter lang. Helemaal verdroogd. Zijn botten zaten los in zijn harde ingedeukte huid en zijn hondeschedeltje was met een holle witte oogkas zichtbaar. Verder nog een kleine mantelmeeuw die zijn vleugels zo gespreid had alsof hij op de thermiek van de eeuwigheid hier neergestreken was, andere meeuwen nog, alleen maar onordelijke bossen veren met wat witte botjes eruit, een een prachtige ligusterpijlstaart. Okerkleurig en karmijnrood. Ik weet niet of hij naar het eiland toe gevlogen is of dat hij is aangespoeld.

Vlinders leggen enorme afstanden af. Ovum, larva, pupa, imago. Ik heb het broze imago meegenomen naar de tent en aan de voet van de talisman van de monding van de Sepik-rivier gelegd. Requiem voor een non. En nu ga ik slapen. Zelf van rups tot pop veranderen in die enge slaapzak van glinsterend nylon met wafelstiksel.

*Zondag 18 juli*

Over de meeuwen. Er zijn hier verschillende soorten meeuwen. Stormmeeuwtjes, kokmeeuwen, op het strand zie je soms van die grote krengen van mantelmeeuwen wrokkig staan met van die zwartmetalen vechtschilden opzij, maar hier vlak bij de tent omhoog het duin op, zitten zilvermeeuwen met hun jongen. Dat zijn niet meer van die lieve donsdingen die je altijd op ansichtkaarten van de kuststrook ziet staan. Ze zijn al kipgroot en hebben loodgrijze poten en snavel, die ze als je ze pakt wijd opensperren in een poging van zich af te bijten. Dat keelgat lijkt op de lichtroze kut van een jong meisje met clitoris en al. Ik heb er vanmiddag een gepakt en er dia's van gemaakt. Een zweetverwekkende bezigheid. Hij rende steeds weg als ik net op dat donkere oog ingesteld had en dan moest ik er weer achteraan. Dan verstopte hij zich in de schaduw van een paar helmsprieten en deed net of hij me niet zag. Doodmoe van geworden. Maar ook erg gelachen. Steeds maar praten tegen ze dat je ze niets zal doen. Ik heb me schor geluld. En al die meeuwen vlogen schreeuwend en dreigend boven mijn hoofd. Soms zag ik ineens een schaduw over het zand glijden en dan werd er in duikvlucht naar mijn hoofd gepikt. Je hoort dan een zwiepend geluid, of iemand met volle kracht razendsnel met een stok vlak langs je oor door de lucht slaat. Het jong heeft dan de tijd om tussen de helm weg te lopen, zijn kop naar voren, een beetje luguber. Prehistorische loopvogels.

Ik kroop vanmorgen om vijf uur uit mijn slaapzak. De zon was nog maar net op, gelukkig onzichtbaar achter de wolken, want het was rotlicht. Niet de dag die als een gouden roos opengaat maar van dat licht als in de jaren dertig door een pleeraam met van dat gele glas. Langs de waddenkant ben ik naar de westelijke punt van het eiland gelopen. Alleen in mijn groene hemd, maar het was eigenlijk te koud. In het begin trek je dat ding nog wel over je lul van tijd tot tijd maar als je toch niemand kan tegenkomen laat je het maar zo. Toen ik voorbij de zanddijk was werd het terrein aan de voet van De Woeste Duinen soms ondoordringbaar van in elkaar gevlochten hoge taaie grassen en duindoorns. Ertussen waren velden, lieflijke weiden soms, vol rode en witte klaver en duizendguldenkruid. En verder naar de Waddenzee een woeste vlakte met blauwgroen en paarsrood schorrekruid dat soms bijna tot aan mijn middel kwam. Toen ik het laatste duin over kwam keek ik over een enorme zandplaat uit waarop vlak voor me een wonderlijk hoog erg groen gras met lange aren groeide. Het leek wel of het er door mensenhand gezaaid was. Verder op de plaat waren kleine duintjes die met windschermen van wilgeteen door Rijkswaterstaat opgefokt worden. Je kan de schepper niet alles in zijn eentje laten doen. En de enorme zandvlakte leek nergens te eindigen, liep onmetelijk ver door, en nergens zee. Op een hete dag moest het hier het aambeeld van de zon zijn. Op de terugweg werd het al warm. Toen ik om zeven uur bij de tent terug was wees de thermometer, die aan de rechter tentstok van de luifel hangt boven een toiletgarnituur bestaande uit een spiegeltje, plastic bekertje en zeepbak, 17° Celsius en 62° Fahrenheit. Eerst ben ik een plastic zak met pis, die ik de afgelopen nacht, omdat ik geen zin had om tussen al dat vochtige en ongezonde kruid te gaan staan, geproduceerd had en als een handgranaat buiten de tent had gegooid, gaan begraven. Hij was helemaal bedauwd van binnen. Een blaas vol mooie gezonde lichtgele pis. Nadat ik de inwendige mens zo begraven had ben ik ochtendgymnastiek gaan doen. Moet een wonderlijk gezicht zijn. Een naakte man, vrij bruin, nogal harig, met de benen van een griekse hardloper en de romp van een romeinse imperator, tussen de teunisbloemen en de rolklaver bezig met knieheffen, opdrukken, armen zwaaien voor de borst langs met soms een ongecoördineerde beweging als hij met een kledder van zijn vlakke hand een lastige horzel of landmijt versplintert. Terwijl ik daar zo bezig was zag ik ineens dat de visdiefjes boven de net drooggekomen fluweelgroene kleibanken naar iets roodbruins doken. Ik dacht eerst dat het een roofvogel moest zijn, een buizerd of kiekendief, maar toen ik door mijn kijker keek zag ik dat het een gansachtige vogel was, licht roodachtig bruin met lichte en donkere veren aan zijn staart en een witte band boven zijn snavel. Hij was slanker dan de bergeenden om hem heen en had een langere hals. Hij slobberde net als zij in het water. Hij werd zo fel aangevallen door de visdiefjes dat hij opvloog. Op de bovenkant van zijn vleugels had hij een witte tekening als een scholekster.

Vandaag is mijn moeder jarig. Wordt eenenzeventig jaar. Net zo oud als Louis Armstrong. Daarom onthoud ik het altijd. Maar ze drinkt niet zo veel whisky en speelt niet zo goed trompet. Ze zong wel zo indrukwekkend als hij vroeger. Maar niet van die scat vocals. Meer berijmd. De psalmen. Maar neen, daar is vergeving, Altijd bij u geweest, Dies wordt Gij Heer met beving, Recht kinderlijk gevreesd.

Of: Het zonlicht moge nederdalen, Maar Gij, mijn God, vergeet mij niet. Thuis heb ik een grote fles Eau de cologne van Boldoot voor haar staan die ik vorige week al gekocht heb. In feestverpakking met een roze plastic bloem erop zoals ik er hier nog niet heb gezien.

Mijn voedsel. Nu ik het over mijn voedsel zal hebben denk ik er ineens aan dat ik vergeten ben op te schrijven hoe 'n paniek het hier vanmorgen was, nadat ik mijn ochtendgymnastiek had gedaan. Ik keek naar de aanlegplaats. De zee was op zijn hoogst. Ik zag tot mijn ontsteltenis dat mijn voedselpakketten midden in de branding stonden. Ik rende erheen. Het was een ravage van in de kolkende golven rondspringende flessen frisdrank, blikken reerug (Rehrücken), kikkerbilletjes, wildzwijnragoût en inktvis in gomarinsaus. De eieren klotsten stuk tegen mijn behaarde borst. De struif verblindde zo nu en dan mijn uitzicht. Het was een wilde worsteling. The Battle of the Century. Flacons met Sweet pickled Honey Dewmelon en Wild Cherries Jubilee au Rhum stootten, voortgedreven door de kracht der golven, als even zovele slagen onder de gordel, tegen maag en kloten. En dat terwijl ik in onthouding moet leven. Ik voelde me net een monnik die zo uit het klooster tussen de naakte roze hammen in een nudistenkamp wordt gedonderd. Steeds dook ik weer naar een blik Rostgebraten in feurig-pikanter Sauce-tafelfertig, of Varkenstong in Maderasaus of Havox Kerrieragoût met tong en champignons, Tiny whole new Potatoes van S & W en Hamschijven in Rijkelijk jus. Het werd daar achter me op het strand net de etalage van de winkel van mijn vader van vroeger. Maar dan met zand. Alsof ik The Splendid Thirties en Dominee met Strooien hoed op het einde van een magistraal epos dat onder de bezielende leiding van een Hollywoordregisseur op het celluloid was gebracht, door elkaar had geklutst.

Dat was dan het voedsel dat ik meegekregen heb en dat ik niet zal aanraken. Ik heb het allemaal in het groene pleetje opgeslagen met de fles Ballantine's erbovenop.

Toen het gisteren eb ging worden bleef, zoals de strandvoogd had gezegd, de geul voor de tent vol water staan. Daar wilde ik mijn lijn in gaan uitzetten, maar ik moest eerst aas hebben. Ik liep naar een van de kribben van rode baksteen die een meter of twintig de Waddenzee in lopen. Van die baksteen zie je overigens niet veel meer want het is overwoekerd met geelgroen blaasjeswier dat precies lijkt op de zachte gele zeep vroeger in de winkel. En het is net zo glibberig. Als je er schoorvoetend overheen liep knapten de blaasjes onder je voeten en spoten omhoog als de bedriegertjes. Net een geslachtsdouche. De mossels die ik er zocht bleken rot te zijn. Toen ik ze op een steen met een schepje kapotsloeg vloog de erbarmelijk stinkende donkergele vla in mijn gezicht. Nadat ik er een stuk of twintig geprobeerd had die allemaal verziekt waren ben ik de schep uit de tent gaan halen om dan maar zeepieren aan de haak te gebruiken. In het ondiepe water, op plaatsen waar van die onsmakelijke grijszwarte bergjes vermicelli lagen, ging ik ze steken. Maar iedere keer als ik zo'n mop zand naar boven bracht en er gehurkt bij ging zitten wroeten in de kledder op zoek naar die rafelige griezel, bleek die ook dood en verrot te zijn. Hield ik niets tussen mijn vingers dan wat roze blubber. Met mijn garnalennet ben ik toen maar naar de Noordzee gegaan waar het strand wel tien minuten gaans breed was geworden. Ik heb er eerst heerlijk en krachtig gezwommen in het glasheldere water dat ik weer, voor het eerst sinds mijn jeugd, in mijn mond durfde te laten lopen en dan als een zeehond uitproesten en snuiven. Voelde de garnalen kriebelen over mijn voeten. Later had ik in een plas in vijf minuten een half net vol van dat glinsterende spul. Ik zocht de grootste en dikste uit en nam die mee naar de lijn die nog steeds bij de geul op de klei lag. Maar nou is het lullige dat als je een garnaal aan de haak wilt doen dan heb je niet meer dan wat glasachtige troep. Die roze lijfjes krijg je pas als je ze kookt. Dus moest ik er weer mee naar de tent om ze te koken op het blauwe opklapbare gasstel, dat rechts in de tent, tegenover mijn slaaphol staat. Ze waren ondertussen gelukkig vanzelf doodgegaan zodat ik ze zonder slecht geweten in het kokende water kon gooien. Ze blozen dan ineens over hun hele lichaam en krijgen priemende nieuwsgierige zwarte speldeknopogen die eenzaam achterblijven in het uitwendige skelet als je die vleeskleurige tumtum eruit gepeuterd hebt. En zo kwam mijn vislijn toch nog met tien koperen haakjes vol garnalen net voordat het water weer omhoog kwam in de geul te liggen. Ik heb er twee vingerdikke palingen mee gevangen. Als je paling zout, ook al zijn ze al uren dood, rillen en sidderen ze alsof je voor hun ogen een Stradivarius volgiet met gesmolten reuzel. Maar als je ze dan in echte Hollandse roomboter hebt gebakken is het wel smullen.

Pissen is hier een zaligheid. Als je op het vasteland tijdens een wandeling aandrang op je water krijgt en je gaat tegen een boom staan, kijk je eerst een paar keer schuw om je heen of er geen onbezoldigd rijksveldwachter in de buurt is die je van exhibitionisme verdenkt en je een procesverbaal geeft vanwege het ongeoorloofd rondzwabberen met je 'ontblote mannelijkheid' zoals dat in ambtelijke termen heet. Dan haal je voorzichtig die gevulde vleesrol te voorschijn en richt hem op het te besproeien voorwerp. Een bepaalde knoest in de stam voor je, een elfenbankje of ander richtsnoer. Maar hier laat je het gewoon maar stromen terwijl je luidkeels de zon en zee lovend door blijft lopen. Ik heb het zelfs een keer gepresteerd om tijdens mijn dagelijkse stukje hardlopen die lauwe nectar te laten lopen. Maar dan lever je geen Jesse-Owensprestatie meer. Je bent dan genoodzaakt om zo snel mogelijk met je roodaanlopende kloten en schrijnende dijen in zee te gaan. Wat het schijten betreft, daar moet je echt wel gehurkt voor gaan zitten. Waar ik in het begin nog wel eens last van had, dan dacht ik, dat is een mooi wit zandplekje tussen de begroeiing. Maar als je dan verwoed ging graven bleek het gat al door zo'n stinkende kanjer bewoond te worden. Je bent dan voor je het weet de duivel met Beëlzebub aan het uitdrijven en je ruikt nog uren daarna aan je schep, ook al steek je hem honderd keer in rein zuiver zand en spoel je hem ettelijke keren in het diepste der zee af, de bittere geur van zo'n vuile vieze stinkende rotdrol van een ander. Toch heb ik hier zo al weldoende ronddwalend een uitvinding gedaan, waarvan ik alleen de Chinezen verdenk dat ze het al drieduizend jaar geleden hebben uitgevonden. Als ik hier zo zat met de schep naast me en de rol closetpapier binnen handbereik, heb ik het meegemaakt dat de wind er ineens met mijn roze rol vandoor ging en er als een sjerp van tien meter van duintop tot duintop mee ging wapperen. Dan kan je in hurkhouding duin op duin af erachteraan gaan met je chocoladestuit. Net of je een Japanse vechtsport beoefent. Kakjudo in je eentje. Maar nu zet ik het schepje voor me in het zand en steek de rol op de steel. Zodra ik op het vasteland terug ben zal ik er octrooi op aanvragen. De uitvinder van de veldclosetrolhouder.

Bij het leidingwater in de gele jerrycan, die ik met levensgevaar aan de drietand van Poseidon heb weten te ontworstelen, is gelukkig geen zeewater gekomen. Ik moest hem vandaag om de paar uur verplaatsen om hem in de schaduw van de tent te houden. In de tent zelf was het te warm.

Vanmiddag heb ik een jonge scholekster met een gebroken rechter onderpoot gevangen. Ze liepen hier de hele tijd al langs de Waddenzee in het zand te pikken op zoek naar pieren en strandvlooien. Zijn ouders, hij en nog zo'n halfwas jong. En toen zag ik hem ineens liggen fladderen als een hoopje vodden. Ik heb hem gepakt en kreeg zijn ouders fel schreeuwend achter me aan. Ze vlogen bijna mee de tent in. Daar heb ik hem in een doos gedaan en het pootje bestudeerd. Het bot was gebroken of eerder geknakt, want de grijze schubbige huid erover was niet kapot. Alleen maar een beetje wit uitgerekt. En ook de pezen waren nog intact want hij kon zijn tenen bewegen. Ik vermoed dat hij tussen een paar van die scherpe brokken baksteen van de kribben terecht is gekomen of door een meeuw te grazen genomen is. In het begin bleef hij stil liggen en keek me aan met zijn mooie zwarte dofglimmende ogen. Hij keek aandachtig toe hoe ik de verbandtrommel – nadat ik Beethoven inderhaast bijna de fraaigelokte kop van het rompstuk had gebroken (de scholekstersonate) – doorwroette tussen rollen vette watten en hydrofiele zwachtels op zoek naar een rolletje steriel gaas, leukoplast en zo'n enge omgebogen schaar waarvan ik altijd vermoed heb dat ze die al in de middeleeuwen gebruikten bij martelingen. Als ze met een windas of windlier je darmen netjes uit je lichaam getarnd hadden. En dan nog even met zo'n knievormig gebogen verbandschaar door dat gaatje in je buik de verbinding met je maag doorknipten. Toen ik alles bij elkaar had heb ik opzij van de tent een paar takjes van een duindoorn afgesneden en die tot satehstokdikte afgeslepen. Maar toen ik ermee bij hem ging zitten begon hij wild te fladderen waarbij zijn pootje achter hem aan sleepte. Ik heb hem toen met zijn bovenlijf, zodat zijn vleugels tegen zijn lichaam gedrukt werden, in een sok van mij gestopt waarin hij dodelijk stil bleef liggen. Waarschijnlijk bedwelmd, omdat ik de sokken op het vasteland al ruim een week had gedragen en ze hier in de warme tent diep in mijn schoenen gestopt hadden gezeten waardoor de volle onvervangbare mensenlucht in al zijn prikkelende kracht in het ontbijtkoekzachte zoolstuk, bewaard was gebleven. Anesthesie van de koude grond. Nadat ik zijn pootje met een vochtig watje had schoongemaakt en met een lapje afgedroogd, heb ik er een leeg sigarenkistje onder gezet zodat het zo vlak mogelijk kwam te liggen. Daarna tastte ik voorzichtig met mijn vingertoppen zijn grijzige pootje af en drukte de botjes zo goed mogelijk tegen elkaar waarbij me eindelijk mijn vijftien jaar geleden op de academie geleerde anatomie, zij het reddend, te pas kwam. Ik heb er toen eerst een strookje gaas over gedaan zodat er overal lucht bij kon en het niet zou gaan zweren. Daarna de stokjes ieder aan een zijkant ertegenaan en dat omzwachteld met leukoplast zodat hij ineens zo'n volwassen vleeskleurige scholeksterpoot kreeg. Daaromheen heb ik weer een gaasverband gelegd en om dat geheel een los kokertje van verbandgaas om hem het pikken erin te beletten. Toen ik de operatie voltooid had en de sok van hem af haalde schoof hij een paar keer het vel van zijn ooglid bevreemd over zijn ogen heen en weer maar bleef precies zo liggen alsof hij verwachtte dat hij nu wel de andere stinksok als een soort roetkap over zijn kop geschoven zou krijgen. Pas toen ik hem oppakte en even over zijn kopje krauwde raakte hij uit zijn verstijving. Ik zette hem voorzichtig neer. Hij bleef staan, lief en een beetje kakkerig, met zijn vleugels afgezakt. Het juichte door me heen dat ik het hem gelapt had, en ik had moeite om mijn gevoelens te beheersen en die niet als een soort apenliefde over het nietige beestje uit te storten. Ik vulde een bakje met koel helder leidingwater en zette dat voorzichtig bij hem. Hij bleef maar zo staan met dat witte staafje van verbandgaas scheef onderuit. Ik heb toen de luchtgaten achter in de tent, waarvoor groen horregaas bleek te zitten, opengeritst en de tent achter me gesloten. Daarna ben ik het duin op geklommen om te gaan zwemmen en een wandeling langs het Noordzeestrand te gaan maken. Van bovenaf keek ik nog even naar die oranje puist van een tent die nu ineens belangrijk geworden was.

[...]

Ik heb een jonge zeehond! Het is nu drie uur in de nacht. Ik ben doodop maar ik kan niet slapen. Ik heb lopen grienen van ellende. Mijn keel is dik van emotie. Omdat het lieve beest na een worsteling van vijf uur om hem wat te eten te geven alles weer heeft uitgekotst. Maar ik moet bij het begin beginnen. Om zeven uur ging ik nog even naar de aanlegplaats om de plaats te bepalen waar ik het hek neer zou gaan zetten. Ik sleepte vast de zwaarste balk die als deurpost dienst moet gaan doen naar die plek. Omdat het zand daar bij laagwater wel anderhalve meter boven de zeespiegel ligt, verscheen ik ineens boven die zandplaat uit. En daar zag ik hem liggen, een jonge zeehond. Ik schrok er even van, van zo'n groot beest. Ik rende naar hem toe. Hij was helemaal uitgeput, probeerde nog wel naar zee te hobbelen maar hij had er de kracht niet voor. En bij ieder schokbeweginkje dat hij maakte keek hij om met zijn grote zwarte ogen en beet naar me als een vinnig hondje. Toen ik hem oppakte beet hij niet meer en kon ik mijn gezicht tegen dat ronde kopje drukken. Hij heeft een prachtig blauwgrijs kortharig pelsje bovenop en zijn buik is zilverwit. Zijn prachtige lieve vochtige ogen zijn zo groot als de knopen van een ouderwetse winterjas. Er zitten natte donkere plekken omheen in zijn pels want ze tranen steeds om vochtig te blijven. Ik heb een hele tijd met hem langs de zee gelopen en de golven afgespeurd of zijn moeder niet in de buurt was, alhoewel ik bijna zeker wist dat dat niet mogelijk was. Daarvoor was hij te verzwakt. Zat hij te ruim in zijn vel. Hij moest een hele poos geen eten gehad hebben. Maar ik bleef maar met hem rondsjouwen om zelfs de minste twijfel kwijt te raken. Ik voelde me op den duur net Alice in Wonderland zoals ze getekend is door Tenniel sjouwend met dat varkentje in Pig and Pepper. Maar ik voelde me zo hartstikke rijk met dat dikkige diertje tegen me aan. Hij moest alleen zo gauw mogelijk te eten hebben. Ik had vroeger wel eens op Ameland een jonge zeehond zien voeren met een slang met trechter waar koffieroom in gegoten werd. Maar ik wist helemaal niet hoe dik die slang moest zijn en hoe lang en hoe ver die in het keeltje van het dier gestoken moest worden. Ik heb het beestje toen zolang in de keet op wielen van Rijkswaterstaat gedaan en heb via de radio informatie gevraagd. De slang moest vijfentwintig centimeter in het keelgat gestopt worden en de blikjes koffieroom die er misschien waren moesten verdund worden met water. Tussen al die pakketten en zanderige troep in het pleetje zocht ik me rot naar koffieroom maar ik vond uiteindelijk alleen maar twee flessen koffiemelk. Buiten een ravage van kapotte eieren en blikken vanwege de haast en de zenuwen. Want het begon al een beetje schemerig te worden. Toen moest ik een slang hebben. Overal gezocht. In de andere keten, in het huisje. En toen ik eindelijk een slang vond aan een gasstel kon ik hem er niet af krijgen. En helemaal niet met een bot broodmes. Ik ben toen naar de tent gerend, heb de slang van het gasstel af gehaald en er vijfentwintig centimeter af gesneden. Maar de tuit van de trechter was weer te wijd zodat ik er een hele rol leukoplast omheen moest wikkelen. En de slang bleef maar erbarmelijk naar gas stinken, ook al gooide ik er bijna al mijn water uit de jerrycan door. Met dat wonderlijke apparaat, de zaklantaarn en het lampje ging ik terug naar mijn kleine zeehond in de keet. Hij was helemaal naar achteren gehobbeld, achter het vaste tafeltje in het midden waar ik de lampen en de geopende fles melk op zette. Langs de wand waren vaste banken bekleed met lichtbruin skai. Daar moest ik met hem op gaan zitten, de slang in zijn keel steken en dan de melk naar binnen gieten. Maar toen ik hem wilde pakken kroop hij angstig in een hoek en beet naar me. Ik merkte dat het door mijn benen kwam, daar beet hij naar. Als ik als mens bij hem kwam. Ik ben toen over de grond naar hem toe gekropen en toen liet hij zich strelen en pakken. Dat was het vertrouwde beeld. Ik ben eerst een hele tijd met hem naast me met mijn hand om hem heen rustig blijven zitten. En ondertussen dat zilverige lijfje maar strelen en dat snoetje. Maar toen moest het toch gebeuren. Ik drukte hem tegen me aan, stak het uiteinde van de slang eerst even in de melk en probeerde dat naar binnen te steken. Maar hij hield zijn bekje stijf dicht. Hoe ik ook wurmde en wrong ik kon de slang er maar niet in krijgen. En soms beet hij ernaar. Dan bleef ik hem weer een poos rustig strelen om hem aan mij en aan alles te laten wennen. Want hij zat zo nieuwsgierig naar de lampen te kijken en als er een vlieg over de rugleuning van de bank liep rekte hij helemaal zijn snoetje uit alsof hij er eens even aan wilde snuffelen. En dan probeerde ik het weer van opzij. Snuitje vast, bekje een beetje open en dan de slang tussen de scherpe tandjes proberen te krijgen. Op den duur ging zijn tandvlees ervan bloeden. Toen ik zo uren met hem bezig was begon ik te janken van machteloosheid. En ik dacht er steeds aan wat ze over de radio aan me doorgegeven hadden, wat een bioloog had gezegd: 'Er moet vocht in dat lichaampje komen. Zo gauw mogelijk. Dat is het belangrijkste dat er zo gauw mogelijk vocht in komt.' En soms kreeg ik de slang een klein eindje in die dikke roze vlezige keel maar dan kotste hij hem halverwege weer uit. Hij kon dan ineens een enorme kracht ontwikkelen. Zo heb ik wel vier uur zitten worstelen, hem steeds strelend om hem tot rust te brengen en dan weer proberend. En toen eindelijk lukte het me die gore naar gas stinkende slang tot aan de trechter in dat keelgat te krijgen. En zo zat ik daar, met dat kopje stevig tegen me aan gedrukt, mijn vingers om dat mondje waar die trechter uitstak. En zo kon ik met veel moeite en rekken nog net de fles met melk te pakken krijgen. Voorzichtig goot ik wat in de trechter. Eerst bleef het staan, maar toen zag ik het, onder zuchten en gesteun, wegkolken in dat lijfje naast me. En steeds goot ik er weer wat in, en dan wachtte ik even tot het snuivend verdwenen was. Tot de fles halfleeg was. Ik voelde me zo verdomde blij, want ik had het gevoel dat het beestje nu gered was. Voorzichtig haalde ik toen de slang eruit. En godverdomme, toen spoot hij de hele boel weer naar buiten. Ik was uitgeput. Radeloos. Bekaf. Ik jankte van de zenuwen. Ik wist niet meer wat ik nou nog kon doen.

Het is nu bijna vijf uur. Het begint al een beetje licht te worden in de verte. Ik ben doodmoe, maar ik kan nu niet meer gaan slapen. Over een uur moet ik naar hem toe om het opnieuw te proberen.

*Donderdag 22 juli*

Halfeen. Erg treurig. Mijn zeehondje is weg. Ze hebben hem van me meegenomen. Met een helicopter. Er was gezegd dat ze melk voor hem naar beneden zouden gooien, maar ze kwamen hem halen. Ik voel me verschrikkelijk eenzaam. Net of ik nu pas besef hoe alleen ik op dit eiland zit.

Toen ik om zes uur naar hem toe ging – met dezelfde spanning als vroeger als jongen, wanneer ik een ziek dier had of een nieuw dier en voor dag en dauw opstond om te kijken of het nog leefde – en het keetje opendeed lag hij achterin en draaide zijn kopje naar me toe en keek me nieuwsgierig, achterdochtig en angstig aan met die lieve grote donkere ogen. Ik schrok even, want zijn mooie zilverige grijsblauwe pels was helemaal geelbruin. Hij zat onder. Het leek wel of hij zich erin rondgewenteld had. En ook de vloer had hij helemaal ondergescheten. Er lag een heel laagje, het leek wel geweekte taai-taai. Het stonk niet naar poep maar een weeë babyluierlucht kwam je tegemoet. Ik liep door de kledder naar hem toe maar hij beet zo naar me dat ik hem niet kon vastpakken. Ik kon moeilijk zo naar hem toe kruipen. Ik heb mijn kleren uitgedaan en ben met kippevel, want het is koud om zes uur 's ochtends, op mijn buik naar hem toe geschuifeld en geglibberd. Dat was weer vertrouwd voor hem. Ik ben zo even naast hem blijven liggen met mijn arm om zijn lijfje waarbij hij steeds verwonderd omkeek wat dat nou wel was wat hem zo lekker wreef terwijl hij toch zo vuil was. Twee poepzeehonden. Een kleine en een grote. Toen ik uitgesmuld was heb ik hem opgepakt met zijn smerige hansop en naast me op de bank genomen. Het skai had toch dezelfde kleur. Ik moest ineens erg hard lachen toen ik langs mijn lichaam keek naar die gele drab die uit mijn borsthaar lekte. Het zag eruit of ik ernstig aan de ziekte van Parkinson leed en toch een vlaflip had proberen te verorberen. Maar dat lekkere dier naast me deed me alles vergeten. Ik zoende hem zelfs op zijn ronde smoezelige kopje. Vies?! Er zijn mensen die de hand van de paus kussen. Ik zoen liever de kont van een zeehond.

Toen moest ik toch weer beginnen met het moeizaam proberen wat vocht in dat lijfje te krijgen. Ik dacht dat het weer net zo'n marteling zou worden als de afgelopen nacht, maar het leek wel of hij begreep dat ik hem wilde redden. Na een paar keer proberen slikte hij zelfs de slang bijna in. Nu goot ik de melk wat voorzichtiger in de trechter zodat het geleidelijk in het lijfje klokte. En dan liet ik hem even rustig uitsnuiven en blazen voor ik er weer een portie in goot. Toen ik zo een halve liter kwijtgeraakt was hield ik hem nog steviger onder mijn arm vast en trok voorzichtig de slang uit zijn bek en drukte die met mijn vingers eromheen dicht. Want hij maakte al kotsgeluiden. Zo bleef ik een poosje met hem zitten. Tot hij zich ontspande. Toen liet ik hem los. Het bleef erin en hij werd ineens heel levendig. Snuffelde aan me, ging met een langgerekt snuitje de bank verkennen, kreeg weer een bol kopje met veel dikke plooien in zijn nek als ik hem streelde over zijn neus. Ik kon wel juichen van blijdschap dat het erin gebleven was. Van vreugde liepen de tranen over mijn gezicht. Maar toen werd in bijna misselijk van de weeë lucht die in de keet hing. Ik nam hem weer als een baby in mijn armen en ging met hem naar buiten waar ik hem in het zand legde. Hij ging meteen hobbelen. En de goeie kant op. De kant van de zee, die hij niet kon zien. Maar misschien wel ruiken of horen. Met een emmertje water uit de put heb ik hem helemaal schoongewreven en afgespoeld. Tot hij er weer prachtig blauwgrijs uitzag. Daarna heb ik vier strobalen in het vierkant tegen elkaar gezet, en het diertje, dat terwijl ik zo aan het sjouwen was al weer een aardig eind op weg was naar zijn element, teruggehaald en in de afgebakende ruimte gezetr.

Het eerste wat hij deed was zich met zijn natte lijf lekker door het zand rollen. Het liefst was ik in die kleine ruimte bij hem gaan liggen, of met hem gaan zwemmen. Want dat is altijd mijn lievelingswens geweest. Maar het water was in de tussentijd al aan het opkomen en de kreken waren al te vol gelopen. Ik was bang dat ik hem dan niet meer te pakken zou kunnen krijgen.

Ik ben wel alleen de zee in gegaan om die babystront van me af te spoelen. Daarna ben ik alle blikken met levensmiddelen die ik gisteravond in haast eruit gedonderd had weer in de plee gaan opstapelen. Ik vond er nog twee blikjes koffieroom tussen die ik over het hoofd had gezien. Die heb ik verdund met water in de lege fles gegoten. Voor de volgende voeding. Daarna moest ik wat te doen hebben, want ik had steeds de neiging om op een van de strobalen te gaan liggen en zeehond te spelen. Ik ben toen maar vast wat roestige hekken uit de plantenwoestenij gaan trekken, alhoewel die flauwekul me zinloos leek, nu ik de verantwoordelijkheid had voor dat beestje. En ik was er ook veel te opgewonden voor. Toch ben ik nog dat zwarte stuk rubber op gaan halen dat ik bij gebrek aan scharnieren wil gebruiken voor de deur in het hek, en heb het in vijf gelijke stukken gezaagd. Ook nog geprobeerd of je er een spijker in kon krijgen. Dat ging.

Toen leek het me weer tijd om de zuigeling de slang te gaan geven. Eerst heb ik zijn zanderige lijf met helder koel putwater afgespoeld en daarna heb ik hem meegenomen dat gore keetje in. Het ging alweer makkelijker dan de vorige keer. Hij beet even in de slang met zijn scherpe tandjes en toen kon ik die zo door de vlezige kussens in zijn mondholte in zijn slokdarm steken. Toen lag hij rustig te zuipen en luidruchtig te ademen. Ik zat er net zo genotvol bij als een moeder die haar tieten zalig door een baby leeg laat zuigen. En toen de met water verdunde koffieroom verdwenen was maakte het zelfs geen aanstalten meer om het uit te kotsen. Toen ik hem weer tussen de strobalen legde merkte ik dat de zon behoorlijk heet geworden was. Nu kunnen zeehonden wel tegen een stootje, maar dan liggen ze op de natte zandbanken tussen het verkoelende zeewater. Maar hier in het mulle zand dat zo gloeiend was als een woestijn zou de zon in staat zijn om hem in zijn eigen, schaarse spek te braden. Ik heb de grote parasol met rode en oranje noppen, die ik al hierheen gesleept had met andere spullen die ik niet gebruik, naast zijn kleine territorium gezet zodat hij tenminste in de schaduw lag.

Daarna ben ik naar de tent gegaan, want ik dacht er ineens aan dat ik het ene dier voor het andere verwaarloosde. Dat mijn scholekster nog niets te eten had gehad. Vanuit de verte zag ik al dat ik de tent vanmorgen vroeg achter me open had gelaten. Ik ging steeds sneller lopen. Hij was weg. Spoorloos.

Ik kamde de hele tent uit. Ik keek onder het gasstel. Ik schudde mijn slaapzak uit, waar Beethoven voor mijn voeten uit rolde. Geen lokje gekrenkt. Maar mijn scholekster bleef weg. Toen ben ik buiten in de helm gaan zoeken. Tussen alles wat de zee de afgelopen winter heeft opgestapeld. Een borstwering van planken, oude kistjes, flessen, gloeilampen. Er was haast geen beginnen aan. Ik had het al bijna opgegeven toen ik hem ineens zag lopen met zijn witte verbandpoot. Vlak bij zijn ouders en net zo snel als zij. Het gezin had zich bijna weer verenigd. Ik nam hem toch maar mee naar de tent, en kreeg meteen de volwassen dieren scheldend en krijsend achter me aan. Want ook al was het nog maar voor een paar dagen, hij moest het bij mij toch voorzichtiger aan doen dan in de vrije natuur. En ik wilde ook niet het risico lopen dat ik met eigen ogen zag hoe hij door zo'n meeuw aan het mes werd geregen. Ik ben meteen voor ons beiden garnalen gaan vangen maar ik heb alleen de zijne gekookt, want ik had met dat zeehondje daar in de verte toch geen rust om nog eens uitgebreid garnalen te gaan zitten pellen. En dat was maar goed ook, want toen ik weer bij hem kwam was hij al zo ver gekomen met duwen en drukken en krabbelen met zijn roeihandjes dat er ruimte tussen twee balen stro was ontstaan. Hij had weer gescheten ook, zodat ik eerst die vla moest opruimen en hem afspoelen voor ik hem kon meenemen naar de voederbank. Maar toen ik daar eenmaal met het kleddernatte beestje zat kon ik haast zonder moeite de slang erin krijgen alsof ik een gasfitter was. Het moest een bijzonder intelligent dier zijn want na zo'n paar keer wist hij al precies wat de gang van zaken was en wat er van hem werd verlangd. En zo raakte ik de laatste verdunde koffieroom kwijt zonder dat er een druppel verloren ging. Ik had nu nog een fles koffiemelk en ze zouden vandaag iets komen afwerpen. Daarna heb ik, liggend op de strobalen, hem gefotografeerd. Ik wilde hem in zijn blauwgrijze prachtkleed vereeuwigen maar steeds als ik hem afgespoeld had zat hij, voor ik hem goed in het beeld had, alweer onder de zandschurft. Het leek wel of hij om mij te pesten zich snel even rondwentelde als ik me omdraaide om de emmer met water neer te zetten. Tot drie keer toe. Toen lukte het.

Net toen ik klaar was met fotograferen zag ik een helikopter aankomen. Ik dacht eerst dat ze melk kwamen afwerpen, maar ze gingen landen. Ik heb toen gauw mijn kleren aangetrokken, want het zijn natuurlijk wel geharde jongens, maar ik was toch bang dat zo'n inboorling in natuurstaat te schokkend voor ze zou zijn. Het was een enorm joyeus gezicht, die wentelende wieken en het zand dat opgezogen werd. En ook erg fris. Ze gingen precies landen op de plek die ik voor mijn hek had uitgekozen. In prachtige oranje overalls kropen drie mannen uit dat insekt. Ik hoorde ineens zeggen: 'Waar is het hek, verdomme. Ik wil twee keer bellen.' En een ander: 'Je ruikt hem hier helemaal, die smeerpijp.' Ik kwam te voorschijn tussen de strobalen vandaan, een beetje schuchter, als een inboorling die weet dat er ook wel eens iets anders dan zakspiegeltjes uitgedeeld wordt. Maar het waren aardige mensen. Niet van die napalmboys of Nieuwersluisfascisten. Keizer, Van Luyk en De Groot van de SAR-vluchten, die overal, zoals ze me vertelden, te land, ter zee of in de lucht, reddend optreden. Die zowel een Duitser die te ver op zijn eigen Rostgebraten de zee in is gedreven als een opoe uit De Pijp die lekker aan het strand vlak bij de koele zee op een opblaasbed is gaan slapen en zich ineens te midden van de woelende baren bevindt, aan de vaste wal brengen.

Ze kwamen geen melk brengen maar het zeehondje zelf halen. Het ging rechtstreeks naar Texel, naar het Texels Museum. Ik vond het erg triest dat ik het zeehondje met ze moest meegeven, maar was ook blij dat het daarnaar toe ging, want als ze ergens liefderijk en vakkundig behandeld worden is het daar. En ik zou hem nog vaak kunnen zien omdat ik een paar keer per jaar op Texel kom. En de overlevingskansen voor het beestje zelf waren nu aanmerkelijk gestegen. Maar hoe treurig en triest voelde ik me toen ik daar voor het laatst met mijn kortharige lieveling in mijn armen stond, tussen Keizer en De Groot in, terwijl Van Luyk foto's nam, die wel door de legervoorlichtingsdienst verspreid zullen worden, want ze kunnen er beter trots op zijn dat ze zeehondjes redden dan dat ze de boel ontbladeren. Er werd een kist uit de helikopter gehaald waar hij in moest. We stonden eromheen als in een rouwkapel. Ik kreeg tranen in mijn ogen maar drong ze terug omdat ik tussen die door het leed geharde jongens stond. Ik zei toen maar, terwijl ik het beestje met mijn hand denkbeeldig in vieren verdeelde dat je er drie damestassen en een bolerootje van zou kunnen maken. Ze begrepen het wel, want ze lachten. Ik keek even naar de fles whisky die nog steeds hermetisch gesloten boven op de ravage in de plee stond, en wilde ze iets te drinken aanbieden, maar ze zeiden dat ze nog moesten vliegen.

En toen was het tijd voor het grote afscheid. De laatste omhelzing en daar werd hij ingeladen. De manschappen stapten in, de wieken gingen draaien, eerst langzaam en nog te volgen, dan suizend, zodat je alleen maar ziet hoe de lucht omgeroerd wordt. En daar ging het hele zwikkie de hoogte in. Drie mannen en een zeehond. De Vliegende Zeehond. Mooie titel voor een TV-serie. En zo ben ik weer alleen, want een scholekster is na zo'n zorgvragende dikzak maar een schraal surrogaat.

Zes uur . Mijn onderbenen zitten vol kleine donkerrode spikkels. Net of ik directeur ben van een vlooientheater. Dat komt van het wilde zwerven door de helm. Dat is zo scherp, het prikt een gaatje, maar het is te klein om het bloed door te laten. Je krijgt een soort klein bloedblaartje onder je huid.

Nadat de helikopter in de vandaag ontstellend blauwe lucht verdwenen was – ik had er achteraf spijt van dat ik ze niet gevraagd heb of ik even met ze naar boven mocht om het eiland van Eiffeltorenhoogte te kunnen overzien – heb ik me in een je kan wel zeggen demonische activiteit gestort. In de gloeiende zon heb ik het halve hek al afgemaakt. Dat wil zeggen, de deur en aan iedere kant twee segmenten van die lange loeiers van dat hekwerk. Heb ze met een paar handdoeken eromheen, anders had ik mijn vingers doormidden getrokken aan het roestige ijzer, naar de aanlegplaats gesleept. Naar voren gebogen als een trekpaard en stap voor trage stap. Er is daar nu een spoor in het zand of er vrachtwagens af en aan hebben gereden. De balken had ik al, ermee sjouwend als Simon van Cyréne, op twee meter van elkaar een halve meter diep in het zand gezet.

Het was moeilijk om het roestige spul er rechtop tegenaan te krijgen, want het boog om als karton. Ik rende als een bezetene met hamer en spijkers van de ene balk naar de andere om het overeind te houden. En dan snel met een spijker het proberen te verankeren. Met veel kunst- en inderdaad vliegwerk is het me gelukt. Het is magnifiek geworden. Je weet niet wat je ziet als de wind al die plastic strookjes omhoog waait. Of je op de voorste rij in de Folies-Bergère zit. En het klinkt als de wind in populieren.

Ik ben ook nog met mijn fototoestel naar de dode zeehonden geweest. De kleine komt steeds meer onder het opgewaaide zand te zitten en wordt daardoor nog aangrijpender. Vooral nu ik die levende zeehond heb gehad is het afschuwelijk. Als je weet hoe het had moeten worden. In de opengereten voddenzak van een lichaam van de grote zeehond zaten dikke dotten maden gulzig te wriemelen. Niet van die vettige witte, maar bruinige kleine. Levende bruine suiker. Het was net of hij minder stonk nu die maden vraatzuchtig afrekenden met de verrottenis. Bij de kleine zag ik ook groene glimmende aasvliegen in- en uitgaan door de spleet in zijn huid die ontstaan is toen ik zijn moeder opensneed en die nu een donkere diepe kerf is geworden.

Ik heb nog net voor het donker werd de keet schoon kunnen maken. Er was een bezem en uit de tent van onder het gasstel had ik een flacon met vloeibaar wasmiddel meegenomen waarop stond dat het met het sap van echte citroenen was bereid. En dat het weldadig schuimde. Dat deed het. Nadat ik een emmertje water op de grond had geplensd en daar rijkelijk van dat wasmiddel in had gespoten stond ik weldra tot mijn enkels in een dik kleverig schuim dat, naarmate ik voortging met bezemen, groezeliger en bruiner werd. En als je het dan eindelijk naar buiten gespoeld had zat er nog evenveel kak aan de vloer gemetseld. Het was zo hard als spirituskit geworden. Op de ergste plaatsen moest ik het er met een stuk hout afkrabben. En het stonk erger dan vanmorgen toen het vers en zacht was. Of het nu kwam omdat de citroen de geur ophaalde of omdat ik vanmorgen de stank niet geroken had door de aanblik van die lieve schijtzak die mijn andere zintuigen had uitgeschakeld, weet ik niet, maar ik werd aardig uitgestoomd in de kleine keet tussen de houten wanden. Maar uiteindelijk heb ik het toch zo schoon gekregen als een bedstee in een stijlkamer in het museum.

*Vrijdag 23 juli [de voorlaatste dag]*

Beethoven zit in een plastic emmer, die tot de rand gevuld is met zijn weelderige gipsen lokken. Ernaast is een tube bisonkit gestoken, mijn naambord en de elektrische bel. En nog ander gereedschap dat ik nodig heb om het hek af te maken. Het staat naast me voor de tent om straks mee te nemen naar de aanlegplaats. Zelf zit ik nog even languit en ontspannen met mijn vervaarlijk gebruinde benen in het gebloemde monster met het glas sap van mijn laatste citroen naast me. Halfelf en erg warm. De vliegen blijven aan je lichaam kleven. Ik hoop niet dat ze van de dode zeehonden komen, want dan word ik zo ongemerkt bespikkeld met een walgelijk lijkevocht. De kreken lopen weer langzaam en glanzend vol in de hitte die vlak boven zee schittert als gebroken glas. Vanmorgen was ik al om halfzes op. Door de eenzaamheid die er hing tussen de tent en de barakken in de verte ben ik naar de zeehondenkeet gelopen. De ramen waren niet meer beslagen van het zweet van ons beiden. Ik heb even mijn hoofd naar binnen gestoken. Geen spoor meer van de wilde worsteling, geen stank meer of sporen van die weeë stamppot. Het ruikt er net zo naar citroen als mijn glas kwast. Er kan weer zo in geschaft en gekaart worden. Opgelegd pandoer. Ik heb de parasol dichtgeklapt en opgeborgen en de vier balen stro op hun plaats geschoven. Je bleef toch nog de plek zien waar het beestje het laatst had gelegen met zijn bolle buikje. Een mollig kuiltje in het zand. Het hek in wording zag er feeëriek uit in het licht van de opkomende zon met al die plastic strookjes zilverig trillend in de koele ochtendbries. Het Erechteion van Rottumerplaat.

Toen ik langs de oostelijke kant van het eiland naar de Noordzee liep, zag ik dat het water in het diep tussen hier en Rottumeroog op een vreemde manier in beweging was. Het kolkte en rimpelde en soms trokken er strepen van dik water over het oppervlak. En toen gebeurde het ineens. Ze sprongen bij tientallen tegelijk boven het water uit. Grote zilverkleurige gepen. Ik schrok ervan. Want het waren geen dartele sprongen boven het zoute water uit. Het leek wel of ze door een enorme angst gedreven hun element wilden ontvluchten. Wild en onbeheerst. Flitsend en blinkend als lemmeten. De ochtend van de lange messen. Ademloos stond ik daar in het zand tot ze geleidelijk weer naar de Noordzee verdwenen en tot rust kwamen. Toen ik langs de Waddenzee terugliep naar de tent, en zag hoe het water vervuild was tot een smerig groezelig kwijl dat stonk naar riool en verrotting, dacht ik dat dat het verschijnsel van de wild springende gepen had veroorzaakt. Misschien kwamen ze ineens van het heldere Noordzeewater in die bruinige drab terecht en zijn toen in paniek geraakt. En gelukkig ontkomen. God zegen de geep!

## Verantwoording

Deze dagboekfragmenten van Jan Wolkers verschenen eerder in *Groeten van Rottumerplaat*, Amsterdam 1991.